David und Batseba

Eine Novelle

Harald Birgfeld

Harald Birgfeld, geb. in Rostock, lebt seit 2001 in 79423 Heitersheim. Von
Hause aus Dipl.-Ingenieur, befasst er sich seit 1980 mit Lyrik und Prosa (s.
Anhang).

Aus einem Gutachten der an der Universität Freiburg tätigen
Literaturwissenschaftlerin, Gabriele Blod, 1986:
"Es lohnt sich, einmal einen heutigen Dichter kennen zu lernen, der mit der
deutschen Sprache einen faszinierend fremden Weg betritt und trotzdem
dem Leser Freiraum lässt für eigene Gedankengänge, ohne dass die
Probleme in erhobener Zeigefingermanier zu zeitkritischen Trampelpfaden
werden."

Lyrik von Harald Birgfeld erschien in mindestens 28 Anthologien

Herausgeber, Autor, Redakteur, Buchgestaltung: Harald Birgfeld.
e-mail: Harald.Birgfeld@t-online.de
Im Internet unter : www.Harald-Birgfeld.de

© 2020 Birgfeld, Harald
Herstellung und Verlag: BoD – Books on Demand, Norderstedt
ISBN: 9783752647549

„Es begab sich, dass David aufstand und sich auf dem Dach
des Königshauses erging; da sah er eine Frau sich waschen;
und die Frau war von sehr schöner Gestalt….
und David sandte Boten hin und ließ sie holen.
und als sie zu ihm kam, wohnte er ihr bei."
2. Samuel, 11

Inhaltsverzeichnis

Anhang

Er verließ sein Auto, weil er ein Bedürfnis spürte und ging in einen öffentlichen Raum dafür. Der war in einem großen Kaufhaus. Erst war alles versperrt durch Drehkreuzgitter, welche kleine Münzen verschluckten, dann, dahinter, öffneten sich, hallengleich, neue Räume, die waren hell mit weißem Marmor ausgekleidet. Man hörte leise Musik, und eine Mitarbeiterin war aufmerksam um Unauffälligkeit bemüht. Er ging auf sie zu und kam wie unabsichtlich in ihre Nähe, sah ihr ins Gesicht, und blieb direkt vor ihr stehen. Sie war ihm gleich beim Eintreten aufgefallen. Sie hatte flinke Augen, und er zögerte, als sie die auf ihn richtete, kaum, dass er zur Seite sehen konnte. Er holte schnell Luft und wollte seine Aufregung so vor ihr verborgen halten. An einem derartigen Ort, erinnerte er sich, macht man gewiss nicht die Bekanntschaft einer Frau. Sein Blick glitt an ihr rauf und runter, und er fragte sich, ob sie vielleicht seine Sprache nicht sprechen könnte und wollte sich seine nächste Frage kaum eingestehen. Er erwischte sich bei dem Gedanken, „wahrscheinlich riecht sie nach ihrem Arbeitsplatz". Er schlug zwar nun die Augen nieder, aber sie lehrte ihn buchstäblich im letzten Augenblick mit ihrem Blick das Gegenteil. Er sah nun seine Chance, fasste Mut und schämte sich zugleich für seine Dreistigkeit, sie anzusprechen. Er hätte sich beinahe an seiner Spucke verschluckt. Ehe er jedoch nur einen Laut von sich gegeben hatte, war sie ihm zuvorgekommen, war schneller und hauchte, noch bevor er seine Stimme wiedergefunden hatte und etwas sagen konnte, mit der größten Selbstverständlichkeit: „Ich komm gleich raus. Ich will mich nur kurz duschen. Ich bin dann draußen, eine Sekunde".

Sie sprach also deutsch und ihre Stimme war schwingend, gedämpft und hatte einen leichten Oberton. Der erinnerte ihn fast schreckhaft an eine frühere Begegnung, wo sich dieser Oberton später einmal in die Harmonie einer weinenden Frauenstimme verwandelt hatte. Er erinnerte ihn auch mit dem hellen Schatten einer äußersten Flüchtigkeit an seine Mutter. Die Frau sagte noch: „Warte bitte dort auf mich". Glückliche Gedanken der Erwartung, die er nicht konkret für sich umreißen konnte, kamen und gingen schneller als seine Augenlider sich bewegen konnten. Plötzlich musste er an seinen Namensspender denken: David, Held im Buch der Bücher. Ja, der hieß David. Er hatte oft in Neugier als Jugendlicher erst im Duden und später in anderen Medien nach Antworten auf die Frage nach der Bedeutung des Namens gesucht, bis er die dramatische, biblische Geschichte erfahren hatte. Der biblische David, für ihn der echte David, war lange noch kein König, wie man es ihm immer wieder und wieder versprochen und vorhergesagt hatte. Sein Glauben an die Königswürde war tausendmal in Zweifel gezogen. Er, unser David, hatte auch nicht mehr an sein Glück glauben können. Er war nicht wie der echte David ein Krieger. Überhaupt fand er, dass der echte David ein „kleiner" Krieger war. Wie er darauf kam, konnte er nicht begründen. Vielleicht, weil er so lange erfolglos gewesen war. Er selbst hatte auch keine Nebenfrau, war kein Nebenmann für eine Frau, ging nie fremd und blieb in allem treu, empfand sich aber so wie jener stets hingehalten. Nur das Hoffen auf Erfüllung hatte ihn niemals verlassen. Darin glaubte er, wäre er sich mit dem echten David einig. Er machte aber nicht wie der, alles zu einer Frage des Glaubens. Ihm genügte die Hoffnung, und er hatte Zuversicht. Was sich ihm erfüllen sollte, schien sich nun endlich zu zeigen. Es sollte wahr werden. Die Frau war ihm in einem hellen Licht und in schöner Gestalt erschienen. Die Sonne war seinetwegen aufgegangen. Sie war wahrhaftig und wahrhaftige Gegenwart und wuchs ihm zu einem warmen, weichen Glücksgefühl. Das hatte er bei ihrem ersten Anblick gleich empfunden. Seligkeit, schoss ihm nun als Gedanke in den Kopf. Das

Wort war neu, und er kannte es nur aus Opernarien. Darüber musste er innerlich schmunzeln. Dieses Entzücken hatte für ihn auch etwas mit Schweben zu tun. Ja, er fühlte sich leicht als ein Mensch, dem der Schatten abhandengekommen war, und dem dies kein Verlust war. Im Gegenteil, diese Schwerelosigkeit hatte ihm ein ungeahntes Entzücken beschert. Er ging nach draußen und bemerkte, dass sein menschliches Bedürfnis verschwunden war. Er war überwältigt. Das Neue hatte seine kleine Welt völlig überrumpelt. Auf der Straße wusste er nicht, wo er auf die Frau warten sollte und stellte sich neben die Eingangstür. Die Türflügel öffneten und schlossen sich automatisch und schoben jeden Besucher ohne dessen Zutun hinaus oder herein. Ihm fiel der gelangweilte Blick einiger Besucher auf und er dachte, dass sie diese Leichtigkeit wie er empfinden müssten.

Sie kam schließlich auf die Straße und hatte ihn sofort entdeckt. Sie war nicht von den Flügeln der Tür hinausgetragen worden, sondern hatte eine kleine Seitentür benutzt. Als sie auf ihn zukam, sah sie einerseits, vielleicht verschämt, zu Boden, andrerseits ein wenig schräg zu ihm auf. Wie selbstverständlich hakte sie sich bei ihm ein. Er spürte sofort durch ihre

Kleidung und seine Jacke, ihren Körper, den sie fest an ihn drückte. Sie hatte braune fast schulterlange Haare, die sich mit winzigen Zöpfchen aneinander klammerten und trotzdem kleine Löckchen fallen ließen. Die wippten bei jedem Schritt ein wenig wie angestoßene Schaukelchen. Über einer hellen Bluse, weißer Chiffon, die unmerklich dekolletiert war, aber eine feine und wohlig füllige Weiblichkeit betonte, trug sie einen gleichfarbigen offenen Blazer mit aufgesetzten Taschen und dazu einfache blaue Jeans. Sie roch nach Flieder, schien es ihm, war nicht geschminkt, vielleicht ein wenig. Ihre Figur war schlank und insgesamt war sie mit den kleinen Absätzen unter ihren Schuhen fast so groß wie er.

Plötzlich und nicht erwartet rief sie, ein bisschen zu laut für David: „Ich heiße Batseba und du"?

David genoss das Wohlgefühl, welches ihre Nähe ihm schenkte, und erschrak ein wenig. Er erschrak aus zwei Gründen. Zum Ersten, weil ihn ihre Stimme weckte, aber weiter noch, weil er mit dem Namen zwar direkt nichts verbinden konnte, aber doch einem fernen Echo lauschte, welches ihm eine Vertrautheit schenkte. Wenn er nur wüsste, woher oder warum ihm dieser Name vertraut vorkam. Ihre Unbeschwertheit schenkte ihm dies Vertrauen, und er nannte auch seinen Namen:

„…und ich heiße David". Mit dem „…und" erinnerte er sich an die Geschichte von David und Batseba, konnte sie aber nicht zusammen bekommen und hielt es auch nicht für wert genug, sie zum Gespräch zu machen. Batseba hingegen hielt inne, packte ihn leicht an seinem rechten Arm und fragte ungläubig: „Du heißt David? Ist das ein Vorzeichen, ein gutes Zeichen oder ein böses Omen? Es macht mir etwas Angst. Du kennst die Geschichte sicher nicht, aber ein biblischer König hatte Batseba seinerzeit schwer nachgestellt. Batseba war schon vom Namen her auffällig. Er ist aus dem Hebräischen und bedeutet so etwas wie Tochter des Heils oder der Fülle oder so ähnlich. Genau weiß das wohl niemand. Naja, damals waren es andere Zeiten, und es ging ja auch irgendwie für die beiden gut aus. Also für die beiden. Leider nicht für alle. Sie war zu der Zeit verheiratet". David sagte daraufhin: „Lass uns doch über etwas anderes reden. Aber ich möchte keine Geheimnisse vor dir haben. Also ich bin auch verheiratet, ziemlich lange schon". Batseba platzte heraus: „Ich auch. Aber das muss doch jetzt kein Thema sein, oder? Wir lernen uns gerade kennen".

David wollte eigentlich ausführlicher werden, aber er dachte und sagte es: „Du hast recht, wirklich, du hast recht. Wir sollten nicht mit unseren Türen ins Haus fallen. Ich möchte mit dir essen gehen, wenn du willst und du es erlaubst".

Batseba war bescheiden und ihre Kleidung war für David unauffällig angenehm. Das gefiel ihm sehr. In den Jeans hatte sie eine gute Figur. Sie stimmte zu. David hatte den Eindruck, dass sie erleichtert war, von ihm nicht zu irgendetwas gedrängt zu werden, und ihm war ihr zurückhaltendes Wesen ein Geschenk des Himmels. Sie strahlte Frieden aus, der seiner Seele guttat. Überhaupt wollte er nicht in die Rolle eines Bestimmers schlüpfen. Das hasste er sowieso. Damit kann ein Mann zu viel kaputt machen und zu wenig gewinnen. Und eine Frau, die es anders gerne hätte, wäre ihm niemals so heftig aufgefallen wie Batseba es gelungen war. Es stellte sich größte Zufriedenheit bei ihm ein, auch darüber, dass er in sich so ausgeglichen war.

In der Gegend kannten er und sie sich nicht aus, sie war ihnen fremd. Doch jede erste, beste Möglichkeit wäre recht, und sie schauten sich um. Sein Blick fiel auf den Eingang eines Hotels mit Restaurant. Das steuerte er mit ihr im Arm an. Vorbei an der Rezeption, die sie nicht zu bemerken schien, fanden sie gleich einen strahlend hell beleuchteten Raum mit sehr aufwendigen Dekorationen an den Wänden und Kerzen auf den Tischen. David kam sich allerdings darin verloren vor. Das schien daran zu liegen, dass sie zurzeit die einzigen Gäste zu sein schienen. Im Augenblick war ihm jede Art der Abgeschiedenheit aber mehr als recht und er würde mit Batseba einen ungestörten Abend verbringen können. Es war inzwischen fast sechs Uhr geworden. Sie nahmen Platz und eine dezente Bedienung reichte jedem von ihnen eine Speisekarte mit erlesenen Vorschlägen. David hatte kaum Augen dafür. Seine Gefühle trachteten nach Berührung der „schönen Frau mit der schönen Gestalt". Diese Worte waren nicht von ihm, sondern sie waren in seinem Gedächtnis aufgetaucht und wahrscheinlich aus der biblischen Geschichte mit dem „kleinen Krieger". Überhaupt war für ihn das Wort „schön" so nichtssagend als spräche er vom Wetter. Das Wort „schön" konnte Batsebas Gestalt nicht ausreichend beschreiben.

Die Bedienung fragte, ob sie a la carte oder Menü essen wollten. David war so abwesend, dass er die Bedienung, es war ein junger unauffälliger Mann in tadelloser Kleidung, vorsichtig beiseiteschob. Er stand im Blickfeld zu Batseba. David hatte in diesem Augenblick das sich ausbreitende und einzige Anliegen sie zu küssen. Er wollte ihr nicht wie einer flüchtigen Bekannten „einen

Kuss geben" sondern sie völlig mit einem Anfangskuss für sich gewinnen, sie für sich wachküssen. An dem Ober vorbei beugte er sich weit vor, und sie öffnete ihre Augen unter der glatten Stirn so sehr, dass er deren Farbe erkannte und noch wahrnahm. Sie hatte braune Augen und darüber feste dunkle Brauen. Batseba hob aber zugleich ihre schlanke rechte Hand, die sie an seine linke Wange legte und sagte mit unterdrückter, leiser Stimme, dass der Ober es nicht hören sollte: „Mir wäre eine schlichte Gastlichkeit viel lieber, hier fühl ich mich nicht so wohl". Dann ließ sie ihre Hand wieder fallen, wie erschlafft und flüsterte: „Ich bin so glücklich, so glücklich und so frei".

Das machte ihn stolz und selbstbewusst. Er verstand ihren Wunsch sehr gut, vielleicht anders als sie ihn gemeint hatte und bedankte sich dafür.

Wieder auf der Straße meinte er, dass sie es woanders gemütlicher haben könnten, und sie zogen weiter, beide fest eingehakt. Sie hielt den Kopf ein bisschen schräg an seine Schulter gelehnt. David nahm die Gelegenheit und küsste sie in ihr Haar. Auch das roch nach Flieder. Sie überließen sich einem Schlenderschritt und kamen in eine Vorstadtgegend wo sie auf kleine, versteckte Gasthöfe stießen. Einige hatten nur eine Tafel, mit weißer und gelber Kreide beschrieben, an der

Eingangstür stehen. Sie boten Kleinigkeiten zum Essen und zum Trinken an. Trotz der ruhigen Gegend gerieten sie in einen Gasthof mit vielen Menschen und Gästen. Nicht alle tranken oder aßen, sondern warteten auf irgendeine Begebenheit. Vorne stand ein Rednerpult, aber einen Redner gab es nicht. Sie suchten sich den einzigen Tisch mit nur zwei Stühlen. In der Nähe waren noch andere Gäste.

David sagte: „Ich lebe nicht allein".

Sie ging darauf nicht ein und beschwor den Moment: „Ich bin heute glücklich, und es könnte gar nicht schöner sein, als hier mit dir zu sitzen. Du musst nur verstehen, dass ich mich nicht ausgehalten wissen möchte". Er bat trotzdem um diesen Freiraum: „Das verstehe ich sehr gut, aber heute darf ich dein Kavalier sein. Bitte". So einigten sie sich und fanden eng beieinander Kleinigkeiten zum Essen und zum Trinken. Beide mochten keinen Alkohol. Die Gründe wurden nicht erörtert, sondern die Übereinstimmung stellte sie zufrieden.

David verbot sich an diesem Abend jeden Gedanken daran, dass er nicht frei war. Er hätte sich auch gerne jede weitere Ausnutzung dieser Gelegenheit verboten, wenn er nicht ganz genau von seiner Schwäche gewusst hätte, sich keinerlei zögerliches Verhalten oder gar einen Verzicht auf den lange ersehnten Augenblick zu erlauben, er wollte nicht auf sein großes Glück, auf sein persönliches Glück, verzichten. Endlich war es in greifbare Nähe gerückt. Das Hingehalten sein sollte nun endlich ein Ende haben. Er gestand sich noch etwas ein, und das überraschte ihn und trieb eine gewisse Schadenfreude in sein Herz, eigentlich tief in seine Seele, wo dieser Gedanke keinen rechten Platz fand und sich eingeklemmt in einer Nische wiederfand. Es war der Gedanke, dass Batseba auch nicht frei war, und es war ihm Genugtuung, diesen unbekannten Dritten als Verlierer, nein sich selbst als Gewinner zu empfinden. Sollte der doch selbst sehen wie er zurechtkommen würde, mit einer Frau, die sich gerade von einem anderen Mann den Hof machen ließe. Heute ist heute dachte David und vielleicht geschieht ja das erhoffte Wunder. Von nun an hatte David noch mehr Augen nur für Batseba und wollte sie, jetzt mit dem rechten Arm um ihre Taille gelegt, aus dem kleinen Gasthof führen. Es war spät am Abend, und sie fänden bestimmt keinen Weg heim. Beide waren verstrickt in ihre Liebkosungen auf Wangen, Hände, Hals und ihre Schultern. Er küsste ihren Mund, ihre Augenlider und wanderte mit seinem Mund ihren Hals hinab. David empfand Leidenschaft und mit der zunehmenden Dunkelheit dort draußen auch die Gewissheit, dass sie nirgends woanders Einkehr finden würden, um so ihr junges Glück zu bewahren. David fragte beiläufig, ob sie nicht Zuhause vermisst würde. Sie antwortete ein wenig schnippisch: „Und du"? Dann lagen sie sich noch fester in den Armen und David überkam eine seltsame Müdigkeit, die er nicht verstand und die vielleicht etwas mit Enttäuschung hätte zu tun haben können. David dachte auch: ‚Es ging heute alles so schnell, ich sollte mich beherrschen, zufrieden sein und mich neu mit ihr treffen'. Zu Batseba sagte er: „Lass uns diesen schönen Abend für Träume aufheben. Ich möchte dich zu gerne wieder treffen. Das musst du mir versprechen". In diesem Satz, das spürte, er lag so viel Angst um neuerlichen Verlust, dass er erschrak. Sie war ihm Versprechen, und nur ganz zögerlich schob er sie wenige Zentimeter von sich weg.

Beim Hinausgehen kamen sie an der Rezeption vorbei und er entdeckte das winzige Schild: „Zimmer frei". Das war für ihn ein Weckruf, und David hielt wie versehentlich im Schritt ein. Mit dem rechten Zeigefinger zeigte er darauf, um auch Batseba darauf aufmerksam zu machen. Sie verstand sofort und hielt nur ihre Augen weit geöffnet auf ihn gerichtet. Das war Zustimmung, das war Sieg mit allen Freudentaumeln. Die Bedienung hinter der Rezeption hatte ein geschultes Auge. David fragte: „Können wir ein Zimmer haben?" „Ja, gerne. Für wie lange? Mit Frühstück"? Batseba antwortete: „Nur für heute. Nein, ohne bitte". Die Bedienung schaute hoch und sagte: „Sie müssen voll bezahlen. Wir sind kein Stundenhotel. Füllen Sie bitte diese Anmeldung noch aus". Sie reichte zwei Formulare über den hellbraunen Tisch. Der hatte auffällige Intarsien. Batseba erschrak über die Bedienung aber David holte wortlos seine Bezahlkarte aus der Tasche. Die Bedienung wieder: „Sie haben kein Gepäck"? Batseba: „Das holen wir später rein". „Ok". Die Bedienung gab ihr einen Schlüssel: „Gleich im ersten Stock. 103". Beide: „Danke". Dann füllten sie die Anmeldungen aus und David schaute Batseba über die Schulter. Sie trug ein Geburtsdatum ein, und er rechnete schnell, dass sie 28 Jahre alt war. Das gefiel ihm sehr, weil er befürchtet hatte, dass sie möglicherweise zu jung sei für seine Liebe. Sie war aber fast sechs Jahre jünger als er. Sie war nicht so neugierig und ließ ihr Formular auf dem Tisch liegen. Es schien ihr unter den Fingern zu brennen. Sie kam nach wenigen Schritten an den Tisch zurück, als wollte sie sich über etwas vergewissern. Sie wischte sich im Nachhinein die Hand an ihrer Jeans ab oder steckte etwas in die

Hosentasche. Dann gingen sie nach oben. Das Zimmer war leicht zu finden. Batseba hatte enormes Herzklopfen und dachte, dass man das doch hören müsste. Oben ging sie als erste in den Raum. Das Fenster war leicht geöffnet. Das war ihr angenehm. David wollte sie in den Arm nehmen und umfasste sie von hinten. Das war ihr zwar recht, aber sie machte sich frei und ging zum Kleiderschrank. Den öffnete sie und sah hinein. Der war völlig leer. Sie zog auch die Schubladen der Nachttische auf den Bettseiten auf. Sie fand nichts und schien irritiert. Sie schloss die Augen fast ganz, um sich vorsichtig auf das Doppelbett niederzulassen. Er legte sich gleich neben sie, und beide begannen sich vorsichtig die Kleidung von ihren Körpern streifen zu lassen oder ein wenig nachzuhelfen. Beide waren in der Liebe so erfahren, dass sie sich Zeit ließen, um in Langsamkeit den Körper des anderen für sich zu gewinnen.

Sie lagen dann eine ganze Weile wortlos nebeneinander, bis er anfing ihr Liebesworte auf die Haut und in ihre Haare zu sprechen. Sie antwortete mit sanften Bissen in seinen Unterarm und in den Handrücken. Batseba und David hatten das kleine „schwarze Pflaster" nicht dabei. Es war eine Nachlässigkeit des Hotels, dieses nicht wie üblich im Nachttisch zu hinterlegen. So hatten sie ungeschützte Liebe. Beide bemerkten dies, waren aber stolz auf ihren Mut und ihren natürlichen Umgang miteinander. Sie konnten sich so ganz hingeben. Sie wussten von der Anwendung des schwarzen Pflasters, dass es zu ungewollter Ablehnung des Partners oder zu Überreaktionen der Zuneigung führen konnte.

Ihre Zweisamkeit dauerte bis weit nach Mitternacht. Später gingen sie miteinander noch ins Bad und genossen sich gegenseitig mit aufmerksamen Worten und viel Streicheln. Sie beschlossen dann das Hotel zu verlassen und hingen draußen noch ein letztes Mal aneinander bis sie wirklich voneinander Abschied nahmen. Für die beiden ganz ungewöhnlich, hörten sie eine verspätete Abendglocke aus großer Ferne läuten. Ganz in der Nähe sang ein Nachtvogel eine andauernde Melodie, welche in einem schier endlos währenden Schluchzen oder erleichtertem Seufzen endete. Sie waren beide sehr beseelt und schwiegen in Andacht und Ergriffenheit.

David dachte, jeder von uns hat viel gewonnen und sagte zu ihr: „Ich liebe dich. Sei meiner Liebe sicher. Ich möchte dich unbedingt wiedersehen. Ich werde dich immer lieben und dich immer finden. Können wir uns morgen wieder treffen? Ich habe jetzt schon Sehnsucht". Sie kam schnell zurück in seine Arme und lachte: „Das ist doch leicht, ich freue mich". Das war den beiden Besiegelung und Versprechen. Dann gingen sie tatsächlich auseinander.

Heimgekommen hätte David gerne seiner Frau von seiner neuen Liebe erzählt, wie er sich so leicht getragen gefühlt hatte und fühlte und in seinem Leben endlich angekommen sei. Doch das versagte er sich. Seltsam fremd wurde nun das Haus für ihn. Er staunte aber, wie sich alles fügte. Seine Frau behandelte ihn an diesem Abend mit stiller Rücksicht und Umsicht als sei er krank. Gleich am nächsten Abend erschien er wieder am Kaufhaus vor den Drehkreuzgittern, doch die und der Raum dahinter waren zugehangen. Nur ein übergroßes Schild gab Auskunft: „Bis auf weiteres für unbestimmte Zeit geschlossen".

David verstand nichts mehr. Es war ja nicht nur, dass seine neue Liebe unerreichbar geworden zu sein schien, sondern dass er wieder vom Schicksal hingehalten worden war. Er besann sich auf sein Vertrauen in Batseba und gab ihr keine Schuld. Vielleicht war sie neuerdings wirklich unabkömmlich. Sie litt sicher genauso unter der Trennung wie er. Er musste und wollte etwas unternehmen, etwas machen. Aber was? Er war sicher, sie mit einem Zettel zu erreichen. Den befestigte er mit Klebestreifen aus dem Kaufhaus an der zugesperrten Eingangsverkleidung. Darauf stand, und er vermied es seinen oder ihren Namen zu erwähnen: „Bitte melde dich im Gasthaus, wo wir gestern Abend saßen! Ich vermisse dich, ich liebe dich"! Er klebte auch einen gleichen an eine Werbung, die hing an der Seite. In dem Gasthaus fragte er nach den Daten ihrer Anmeldung vom Vortag, aber man gab keine Auskunft, weil er sein Recht dazu nicht beweisen konnte, und es widerspräche dem Datenschutz. Also hinterließ er auch dort seine Nachricht. Sie aber meldete sich nicht, und alles war für ihn verloren.

Da verstand er schweren Herzens, dass er wiederum vom Schicksal nur hingehalten worden war. Es dauerte Wochen bis in ihm ganz langsam und gegen seinen Willen erneut das Hoffen zu wachsen begann. Er hoffte wieder auf Erfüllung und dachte wie früher:

...irgendwann einmal, vielleicht.

Eines Tages, als er einen kleinen Spaziergang unternahm, bemerkte er einen flachen, roten Wagen, ein offenes Cabriolet, vor dem Eingang des Mehrfamilienhauses, in welchem er mit seiner Frau wohnte, und einen Mann, etwa in seinem Alter, der darin auf etwas zu warten schien. Als ihn der Mann entdeckte, stieg der aus und kam auf ihn zu. Er stellte sich mit Namen vor und fragte ganz höflich: „Sind Sie David? Kennen Sie Batseba"? Das traf ihn völlig unerwartet und David vermutete, nun überglücklich, dass Batseba über Boten oder durch Zufall an ihn geraten sei und eine Nachricht überbringen lassen wollte. Hastig antwortete er: „Ja, das bin ich. Haben Sie Nachricht von ihr"? Der Mann: „Ja, das habe ich. Sie ist schwanger, und sie sagt, von Ihnen. Ich weiß nicht, ob das stimmt, aber, wenn das wahr ist, können Sie sich auf was gefasst machen. Übrigens, ich bin ihr Mann". Und er wiederholte seinen Vornamen. Der Mann redete sich außer Atem, und in David wurde Stolz geweckt. „Sie soll von mir schwanger sein", dachte er und gleich weiter, dann muss sie meine Frau werden. „Wo hält sie sich auf? Ich möchte sie sprechen und sie sehen, bitte geben Sie mir eine Antwort". Batsebas Mann verzog das Gesicht als er sagte: „Da können Sie ewig warten, aber demnächst erhalten Sie Post. Ziehen Sie sich warm an"! Damit sprang er über die Fahrertür in sein Auto und fuhr an. Gleich vor ihm befand sich eine Ampel, die schaltete gerade auf Rot, dass er anhalten musste. Er hob die rechte Hand aus dem Fahrzeug und winkte. David rief: „Bitte, wo find ich sie"! Die Ampel schaltete nun auf

Grün, und der Wagen fuhr nun an, musste aber erneut
halten, weil ein Sattelschlepper, der von links gekommen
war, die Kreuzung noch nicht freigegeben hatte. Das
Fahrzeug war schwer beladen und schwenkte in die
gleiche Richtung, in welche der Wagen von Batsebas
Mann fahren wollte. Es dauerte bis es die Kurve
genommen hatte. In der Zwischenzeit reckte Batsebas
Mann seinen Oberkörper aus dem Wagen und schaute
dabei ganz nach hinten. Er machte ein verächtliches
Zeichen mit seinen Fingern und dem Daumen der
rechten Hand und fuhr gleichzeitig, ohne nach vorne zu
sehen, mit einem Kavalierstart los, dass die Reifen ein
wenig quietschten. Er nahm nicht wahr, dass der
Sattelschlepper Überlänge hatte, und eine flache
Eisenplatte von der hinteren Auflagefläche des Wagens
weit über einen Meter in die Straße ragte. Sie sah für
David aus wie ein fliegendes Schwert. Er wollte
aufschreien, hielt sich aber die rechte Hand fest auf den
Mund.

In der Kurvenfahrt des langen Fahrzeuges schwang dieses
Ende mit großer Geschwindigkeit aus in die Fahrtrichtung in
die Batsebas Mann nun fuhr. Dieser geriet mit dem
gesamten Fahrzeug darunter. Die Eisenplatte rasierte alles

oberhalb der Kühlerhaube vom gesamten Wagen ab. Einen kurzen Augenblick sah David einen dunklen Blutstrahl emporsteigen, dann zog der Laster weiter. Der Fahrer hatte von dem Unfall nichts bemerkt. Hinter ihm blieb das flach gedrückte Auto etwas schräg auf der Straße zurück. Daneben lagen die abgescherten Autoteile und irgendwo das grausame Stück eines menschlichen Torsos.

David war nicht gelähmt oder von dem Ereignis vor seinen Augen erschüttert, sondern einzig von seinen eigenen Erwartungen. Der plötzliche Tod von Batsebas Mann berührte ihn weniger als die Unwissenheit über ihren Verbleib. Darüber brach er in Tränen aus. Passanten deuteten das als Entsetzen über den Unfall und nahmen ihn in die Arme, um zu trösten.

Das hielt er aus. Er wollte sich nicht verraten. Vor sich selbst empfand er große Erleichterung, gestand sich aber auch eine schlimme Mitschuld an dem Unfall ein. Die würde er für sich behalten. Er sah nun einen klaren Weg, den er beschreiten wollte, um Batseba ganz für sich zu gewinnen. Im Augenblick fand er jedoch keinen Anfang dafür. Es belastete David, dass er immer noch nichts von ihr gehört hatte und hoffte in den nächsten Tagen eine Traueranzeige zu finden. Die sollte ihm Aufklärung bringen. Wenn er wenigstens eine Anschrift wüsste oder ihren ganzen

Namen. Und es war ihm immer noch nicht klar, woher Batsebas Mann seine Adresse hätte haben können. Vielleicht war Batseba klüger als er vermutete und hatte sich im Hotel seine Adresse merken können. Alles war verbunden mit viel Vielleicht und Zufällen. Eine Traueranzeige fand er nicht, auch seine Suche im Internet blieb zunächst umsonst. Als er aber zufällig eine Spamnachricht verfolgte, traute er seinen Augen nicht. Es lag dort eine Nachricht von Batseba vor, die sie einen Tag nach ihrem Treffen an ihn geschickt hatte. David wusste nicht wie das hatte passieren können, dass er sie hatte übersehen können und war begierig sie zu lesen. Sie schrieb darin:

„Geliebter, über alles Geliebter. Mein Mann hat mich entdeckt und meine neue Liebe. Von dir habe ich nichts erzählt, aber ich musste ihm Treue auf immer und ewig schwören, damit er mir verzeihen würde. Was soll ich machen. Rette du mich. Zeig uns einen Weg. Ich weiß nicht, ob du mich noch lieben kannst. Ich habe so viel Sehnsucht, aber ich sehe keinen Weg. Wenn ich nichts von dir höre, werde ich denken, dass deine Liebe zwar unendlich schön war, aber dich nicht völlig erfüllt. Ich werde dich immer vermissen. Ich liebe dich auf ewig. Batseba."

Darunter stand ihre vollständige Anschrift. David holte tief Luft.

Plötzlich hatte er nicht nur ihre E-Mailadresse sondern auch ihre komplette Anschrift Er wollte sofort auf die E-Mail antworten, musste sich aber besinnen, denn er konnte vor Aufregung nicht schreiben. Ihm zitterten die Hände und seine Finger gingen eigene Wege auf der Tastatur. Außerdem, wo und wie sollte er beginnen. Er machte eine Pause, weil er einen Einfall hatte. Er rechnete sich aus, in welchem Monat ihrer Schwangerschaft sie sich befand. Es musste der vierte Monat sein. Bei dem Gedanken wurde ihm übel vor Aufregung, dass er sich beinahe übergeben musste.

Er saß in seinem Zimmer vor dem Computer als seine Frau anklopfte und eintrat. Sie entdeckte sofort seinen Zustand und traf nach Frauenart gleich ins Schwarze: „Du bist verliebt und nicht in mich. Ich mach es dir leicht, nein uns. Es ist kein Weltuntergang für mich. Ich ahnte es schon länger und, ehrlich, es kommt mir entgegen. Sehr sogar". Das hatte er nicht erwartet, und es bedeutete, dass auch sie sich schon lange innerlich und vielleicht auch anders von ihm getrennt hatte. Er war sehr von sich enttäuscht. Der Gedanke von ihr verraten worden zu sein, schlich sich zwar ein, aber es entstand kein Groll. Sie hatten sich so sehr voneinander entfernt, dass sich für sie, aber nicht für ihn wohl eine besondere Art Freundschaft aufgebaut hatte. Er hatte für sich einen Spruch: Freundschaft zwischen Mann und Frau gibt es nicht.

Sie äußerte sich nicht weiter.

David saß zwischen den Stühlen, befand sich zwischen Baum und Borke. Von Batseba wusste er ja nur durch die letzten Worte ihres Mannes. Er wollte sie nun aber endgültig ganz für sich gewinnen und dachte nach. Es graute ihm vor einer Aussprache mit ihr. Die wollte er mit allen Mitteln umgehen.

Er rief einen Blumenladen in seiner Nähe an und bestellte vier große, weiße Rosen und vier große, rote. Die Verkäuferin sollte einen Brief dazu legen. Darin ließ er schreiben:

„Meine über alles geliebte Batseba.

Vier weiße Rosen sind für jeden Monat deiner werdenden Mutterschaft und vier rote sind für jeden Monat, den wir uns nicht gesehen haben. Ich möchte dich treffen, dich sehen und mich mit dir aussprechen. Ich liebe dich. David".

Beim Diktieren fragte er sich, woher Batseba seine E-Mailadresse hätte gehabt haben können, und ihm fiel ein, dass er in Gewohnheit im Hotel den Anmeldebogen damit versehen hatte und dass sie mehr Geschick als er gezeigt haben musste, um an Information über ihn zu gelangen. Anders konnte er sich das nicht erklären. Über die war dann wohl auch ihr Mann an seine Adresse gelangt.

Die Rosen wurden zugestellt, und Batseba meldete sich erneut. Sie schlug ein Wiedersehen im Hotel vor. Das machte ihn glücklich, aber auch unsicher, denn wie sollte er ihr den Tod ihres Mannes schildern, wenn sie Genaueres wissen wollte?

Als sie sich trafen, hatte David ein Geschenk für sie in seiner Jackentasche, traute sich aber nicht, es ihr zu überreichen. Sie war hereingekommen mit einem nicht ganz knielangen, weiten Röckchen aus blauer Seide. Der untere Saum war leicht gekräuselt. Dazu trug sie eine cremefarbene Bluse mit kurzen Ärmeln. Die und die Vorderseide waren gesmokt, es hingen überall kleine, blaue Bändchen. Es war warm, und die Sonne schien noch sehr hell. Batseba war wohl aufgeregter als er und sie lag gleich in seinen Armen. Das machte ihm die Begrüßung sehr leicht. Er nahm ihr Gesicht in beide Hände und küsste sie auf den Mund und auf die Stirn und wieder auf den Mund. Batseba fand ihre Sprache wieder: „Ich habe mich so über die Rosen gefreut und der Brief war so süß! Danke, danke,

danke. Woher wusstest du von meiner Schwangerschaft? Das kann ich nicht verstehen"! Mit dieser Frage hatte David nun gar nicht gerechnet. Woher sollte sie wissen, dass ihr verunglückter Mann bei ihm gewesen war. Sie konnte gar nichts wissen. David war überfordert und ließ sie sich erst einmal Platz nehmen. Sie bestellten Getränke und David sagte: „Das hat mir dein Mann gesagt". „Wieso? War der hier gewesen? Hattet ihr euch getroffen? Hier im Hotel"? David: „Nein, nein. Er hat mich bei uns zu Hause abgefangen. Also, meine Frau war nicht dabei. Es war eine kurze Begegnung auf der Straße. Er wollte wissen, ob er bei mir richtig war und hat mir deine Schwangerschaft an den Kopf geworfen. Mehr war eigentlich nicht. Er wollte dann sofort wieder los. Er war ja nicht aufzuhalten, musst du wissen. Alles ging sehr schnell. Er ist gleich danach unter den Laster geraten". Sie: „Hat er irgendetwas gesagt, dass er sich das Leben nehmen wollte oder so, verstehst du. Ich hatte ihm ja meine Liebe zu dir beichten müssen. Weißt du, ich hatte unsere Anmeldungen im Hotel mit meinem Handy fotografiert. Das mache ich immer so. Alles was ich unterschreibe, fotografiere ich. Aber die Zettel waren so klein und ich wollte mich beeilen, da habe ich beide Anmeldungen, deine und meine, zusammen auf dem Bild gehabt. Das war mir doch auch gleichgültig. Aber nun leide ich unter einem schrecklich schlechten Gewissen, dass ich vielleicht Schuld bin an dem Unfall, dass es kein Unfall war, sondern Absicht von ihm. Das Foto hatte er gefunden und mich gleich ausgefragt. So kam alles raus. Andererseits musst du wissen, dass er Rennfahrer war und immer viel riskiert hatte. Er übte Autofahren im Stehen. Das musst du dir mal vorstellen. Welch ein Leichtsinn! Viel Geld kann ein Rennfahrer normalerweise auch nicht verdienen. Ganz im Gegenteil. Die Fahrer müssen noch Startgelder bezahlen. Es war gut, dass ich meine eigene Arbeit hatte. Ich habe nur in Angst um ihn gelebt und um mich. Deswegen haben wir auch keine Kinder. Es musste ja irgendwann einmal etwas geschehen. Und nun das. Es muss schrecklich gewesen sein". Es sprudelte alles aus ihr heraus und er spürte ihre Verzweiflung überdeutlich. Er staunte, dass Batseba nicht in Tränen ausgebrochen war. Trotzdem wollte David sie beruhigen und schloss sie wieder in seine Arme: „Ich habe von dem allen ja nichts gewusst und von dem Unfall praktisch auch nichts mitbekommen. Es ging alles viel zu schnell. Ist denn die Polizei noch bei dir gewesen"? Sie: „Ja, natürlich. Man hat mir ja die Nachricht überbracht. Und jetzt ist es schon wieder so lange her". David atmete auf.

Über Batsebas Gesicht huschte das Lächeln einer Gewinnerin. Eigentlich fühlte er sich als Sieger, denn nun würde er niemals mehr mit ihr über das verhängnisvolle Gespräch mit ihrem Mann reden müssen. Welch eine Erleichterung und welch ein Widerspruch. Er war der Gewinner und sie fühlte sich anscheinend als Siegerin. Ihre glückliche Mine konnte er sich nicht erklären. Trauer oder doch Traurigkeit bei ihr hätte er verstehen können. Er dachte, Frauen sind eben anders als Männer.

David fand nun Mut, wenngleich in ihm auch die Frage auftauchte, ob dies wirklich der geeignete Augenblick dafür sei, und blickte ihr aufrichtig in die Augen: „Ich habe mich von meiner Frau getrennt, ganz getrennt. Wir sind uns einig und müssen ein Jahr warten. Das will ich aber nicht. Deswegen frage ich dich, ob wir zusammenziehen wollen, ob du meine Frau werden willst. Willst du mich heiraten"?

Batseba öffnete den Mund weit und stotterte etwas in einer ihm nicht bekannten Sprache. Dann sagte sie: „Das ist hebräisch und heißt Ja, Ja, Ja. Ich will, ich will: warten und heiraten. Ja, ich will".

Dann sprach sie noch etwas in der anderen Sprache und sagte: „Das bleibt mein Geheimnis. Das übersetze ich dir nicht".

David holte sein kleines Kästchen aus der Jackentasche, öffnete es und überreichte ihr daraus einen blanken Goldring mit einem Mondstein, den er ihr an den Mittelfinger der linken Hand steckte. Das und die besonderen Umstände, in denen sich Batseba befand, erlaubten eine Heirat vor Beendigung der Trennungszeit. Sie war glücklich, wusste das und dankte ihm mit einem Kuss erst auf die Wange und dann auf den Mund.

David aber behielt auch ein Geheimnis in seinem Herzen. Wegen seines Verhaltens ihrem Mann und seiner Unehrlichkeit ihr gegenüber, würde das Schicksal sein Leben lang mit ihm hadern. Das nahm er als unabdingbar hin.

Batseba bekam ihr Kind, einen Jungen, als Davids angetraute Ehefrau.

Anhang
Die Vielzahl von Harald Birgfeld's Veröffentlichungen erfolgte im Verlag:
„Gesellschaft für zeitgenössische Lyrik. e.v." Leipzig, unter der
ISBN: 3-937264. Weitere Veröffentlichungen auch in Druck und
Herstellung bei Books on Demand GmbH, 22848 Norderstedt und online
unter www.Harald-Birgfeld.de im Volltext, und für jedermann zugänglich
und einsehbar.

Lyrik:
Alsterwanderweggedichte, 41 zeitgenössische Gedichte, (illustriert), 48 S.
..and I said to myself, what a wonderful world, 36 Gedichte mit
    fantastischen Inhalten, 44 S.
Auf deiner Reise zum Rande im Rande des Randes der Sonne 187
    Gedichte: Im Innern der Sprache werden Kräfte freigesetzt. 184 S.
Bärbel und Harald, Epos, Gedicht in 93 Teilen
Die Frau des Terroristen, 53 Facettengedichte
Die Insassinnen, Epos, Lyrik, Außenlager KZ-Sasel, 136 S.
Die Zeit der Gummibärchen ist vorbei, 76 zeitgenössische Gedichte,
    (illustriert), 108 S.
Feuer, das zur Speise wird, 114 Gedichte aus meiner digitalen Welt, 68 S.
Für dich…, 43 Liebesgedichte und 15 Augen-Blicke, 32 S.
Gedichte, veröffentlicht in ausgewählten Anthologien, und Namenlos
    von meiner Insel, 42 Briefe, Lyrik, 108 Seiten,
Großes Liebestestament, 68 Liebesgedichte, 144 S.
Honigweißer Duft, 14 fantastische Gedichte, 32 S.
    dabei 14 farbige Seiten.
Im Reißverschluss der Illusion, 57 Facettengedichte
Liebestestament, 37 Gedichte Liebeslyrik, 44 S.
Mund aus Glas am Rand aus Fleisch, 114 Gedichte,
    Schwarze Liebeslyrik, 120 S.
Sasel, Geschichte eines Außenlagers, Vers-Epos, Lyrik,
    KZ-Sasel 140 S.
Sofortige Lähmung, 112 Gedichte aus dem Innersten, 72 S.
Unter einem Mikroskop, 36 Gedichte für eine parallele Welt, 28 S.
Von Haut zu Haut, 132 Gedichte: Was macht meine Liebe an dir und an
    mir mit mir und mit dir? Liebeslyrik. 48 S.
Wir gerieten in den Gürtel der Meteoriten, 10.000 Aufschläge, Band 14:
    Aufschläge 6502 – 6999, ca. 500 Strophen aus einem Zyklus von
    10.000 Strophen, 224 S.
Wo die schwarzen Blätter wachsen, 129 erotische Gedichte? 76 S.

Prosa:

Die Tätowierungen der jungen Tanja W.
Selbstsuche und Selbstfindung einer jungen Frau, 132 S.
Die Entdeckung der eigenen Zeit
Zeit ist die Wahrnehmung eines Ereignisses.
Beispiele, Grundsätze und Erläuterungen. 92 S.
Fünf Veröffentlichungen/Five Publications (deutsch/englisch),
32 S. Format A5 (1 Band)
Theorie und Utopie der eigenen Zeit,
Theorie und Utopie der anderen Zeit.
Die Zeit der Gleichungen ist vorbei
Societ lyrics, was ist das?
Folienbilder-Entstehung
Kleine Fibel Arbeitsschutz (für die praktische Arbeit) an:
„Hochschulen", „Kindergärten", „Schulen" (3 Bände)
Trennung von B.
Phänomen, Trennung, 2017, 148 S. A 5
Pina Bausch, Nachruf
Über Poesie der Heilung und Glück, ein Essay, 25 S. A5
Vom Sterben nach dem Tod
Warten auf die Anderen.
Trennung erster, zweiter und dritter Art, 104 S. A5

Weitere Veröffentlichungen von Harald Birgfeld, derzeit **online** unter
www.Harald-Birgfeld.de
Im Volltext für jedermann zugänglich und einsehbar.

Lyrik:
Die Insassinnen, Theaterstück, Außenlager KZ Sasel, 3 Akte
Gespräche dritter Art, 90 zeitgenössische Gedichte
Gespräche zweiter Art in Art der Art, 89 zeitgenössische Gedichte
Mann aus Blech und Plastikfrau, Theaterstück, Ein dramatisches
Bühnenstück in drei Akten, Glaube - Liebe – Hoffnung
Wir gerieten in den Gürtel der Meteoriten, 10.000 Aufschläge.
23 Gedichtbände
